숨비소리

시작시인선 0290 숨비소리

1판 1쇄 펴낸날 2019년 5월 1일
지은이 박종국
펴낸이 이재무
책임편집 박은정
편집디자인 민성돈, 장덕진
펴낸곳 (주)천년의시작
등록번호 제301-2012-033호
등록일자 2006년 1월 10일
주소 (03132) 서울시 종로구 삼일대로32길 36 운현신화타워 502호
전화 02-723-8668
팩스 02-723-8630
홈페이지 www.poempoem.com
이메일 poemsijak@hanmail.net

ⓒ박종국, 2019, printed in Seoul, Korea

ISBN 978-89-6021-426-2 04810
     978-89-6021-069-1 04810(세트)

값 9,000원

숨비소리

박종국

천년의시작

시인의 말

순간,
나는 내 바깥에 서있다
말해질 수 있는 것이 아무것도 없는

차 례

시인의 말

제1부

빈집 ——— 13

숨비소리 ——— 14

공터 ——— 15

산수유 ——— 16

저기에 무엇이 ——— 18

눈꽃 ——— 20

바람 ——— 21

강나루 ——— 22

역광逆光 ——— 24

달맞이꽃 ——— 26

호수 ——— 28

서정춘 ——— 29

제2부

오래된 리듬 1 ———— 33

오래된 리듬 2 ———— 34

한낮의 그늘에 앉아 ———— 36

능선에 기대어 1 ———— 37

능선에 기대어 2 ———— 38

시간 1 ———— 40

시간 2 ———— 42

십일월 ———— 44

잔설 ———— 46

들녘에서 1 ———— 48

들녘에서 2 ———— 50

다래 넝쿨 그늘에 앉아 ———— 52

제3부

유리창 ——— 57

녹턴 1 ——— 58

녹턴 2 ——— 60

녹턴 3 ——— 62

겨울바람 ——— 64

겨울 강 ——— 66

그의 방 ——— 68

산봉우리들은 ——— 70

현실 ——— 72

잠과 꿈 사이 ——— 74

빈 둥지 ——— 76

제4부

봄날 ——— 79

여명黎明 ——— 80

봄바람 ——— 82

여름밤 ——— 84

저녁노을 ——— 86

비밀 정원 ——— 88

야행夜行 ——— 91

가랑비 ——— 92

그리움이 탱탱한 봄이다 ——— 94

가을 햇살 ——— 95

나의 시 ——— 96

해 설

강웅식 어떤 시적 주체와 바깥 그리고 기다림 ——— 101

제1부

빈집

빈집은 빈집을 기다리고
적막은 정수리부터 허물을 벗고 있다

바지랑대 끝에 앉아 꽁지만 까닥거리고 있는 잠자리
눈을 지그시 감고 있는 빈집의 하루를 겹눈으로 살피는

끊어질 듯 당겨진 시위가 탱탱하다
금방이라도 정수리를 향해 화살을 날려 보낼 것 같다

숨비소리

징그럽게 따라다니는
세월의 밑바닥으로부터 삶을 건져 올리는
숨비소리는

살아가는 게 살아가는 게 아니라서
한이 맺힌 곳에 또 한을 맺게 하는 삶을 씹어 뱉는

모든 삶의 근거를 되묻는 말같이
죽은 줄 알았던 내 안의 내가 울기 시작하는 것같이

바다를 거울삼아 자맥질하는 말문이 막히는 소리,
생의 바깥에서 근근이 살아가는
소박하고 선량한 눈물이고 아픔인 소리 같다, 이런 슬픔이

전복이며 고동, 성게까지
죽지 못해 이어가는 삶까지
지나가 버린 낮과 밤까지

수평선에 빨래처럼 걸쳐놓고는 위험을 무릅쓰고
바다을 헤엄쳐 다니느라 숨이 잦아드는 헛바람 새는 소리
독사같이 모질고 매몰차다

공터

무더운 여름날을 찢어발기듯
매미는 울고 조금만
움직여도 산산조각이 날 것
같은 공터는 초록빛 눈을
가진 뱀의 문적문적한 살갗
처럼 넘실거리고

수풀에 앉은 새처럼 마음이
놓이지 않는 어둠이
먼저 와있는 동편 산
중턱에는 고래 심줄보다 질긴
어둠의 그물을 쳐놓은
땅거미가 시간을 물어
뜯고 있고

달콤한 열매 맛을 잊지
못한 도둑 까마귀는 감나무
꼭대기에 앉아 주둥이를
나뭇가지에 문대고 있다

산수유

은은하게 피었습니다
아직은 차가운 바람
흔들리는 것들이
맑은 하늘 배경으로 아늑해지는
꽃 냄새에 가던 길 멈추고
노란 꽃 산수유를 바라보다
그만,
당신을 부르고 말았습니다
내 의지와는 다르게
이리도 속이 되 갱기는 것은
햇빛을 알알이 끌어모으고 있는
망울망울 피어나는 꽃들이
작은 기침 소리에도 흔들리고 있어
눈을 아리게 하는 당신
나의 미간에 불길을 지피기 때문입니다
눈 맑은 당신이 송이송이 이끄는
꿈인 듯 아늑하게 피어나는
산수유 아래서 기대고 싶고
어깨에 손이라도 얹어주길 바라는
당신의 주변만을 맴돌다

발등에 흩어지는 산수유
꽃가루만을 하염없이 바라보는
때 이른 봄날입니다

저기에 무엇이

우듬지 끝에는
가지가지 봄꽃이 피어나고
갓 깨어난 병아리들
어미 닭을 쫓아 종종걸음 치고
남풍에 실려 온 제비 날갯짓
집 짓기에 분주한 들판에는
모내기가 한창인

저기에 무엇이 있을 것이다

싱싱한 생기는 살아 올라
산과 들을 초록빛으로 물들이고
햇볕이며 구름
바람결에 넘실거리는 신명
오른 이곳저곳 먼 곳에서
유리알 들여다보듯 근심 어린
눈빛으로 바라다보는 능선들
날이 갈수록 구불구불
원을 그리며 감싸는

저기에 무엇이 있을 것이다

우듬지는
찰싹 달라붙어 바람이
불 때마다 동그라미를 그리다
풀고 풀다 그리는 자신을
갉아먹는 애벌레를 떨어
뜨리려 우들우들 떨고 있는

저기에 무엇이 있을 것이다

눈꽃

죽은 나무에 꽃이
피었습니다 눈꽃이
피었습니다

들릴 듯 말 듯 상여
나가는 소리 하얀
꽃상여 나가는 소리

슬픈 결정이 얼어붙어 핀 꽃
가지 마 가지 마 간절한
결정으로 피어난 꽃

마른 허울만 남은 죽은
나무에 보석처럼
반짝거립니다

바람

메뚜기가 앉은 풀잎은
미세한 바람을 일으키고

바람을 눈치챈 사마귀
두 팔을 곤추세우고 기회만 엿보고

긴장은 초록을 만들고 초록이
만드는 싱싱하고 풋풋한 들녘에는

바람에 일어나고 바람을
일으키는 것들로 가득하다

강나루

내 영혼이
느끼는 강나루에는
손이 닿지 않는 곳에
핀 꽃같이
나룻배 한 척
매여 있다

다 낡아빠진 배는
기억되지 않는 기억
허물어진 자신의
삶 속에서 강 건너에
있을지도 모를 누군가
우리를 만들고 우리가 태어나는
것을 보아왔던 누군가의
꿈과 욕망을 그려내는 한 폭의
그림같이 옛날로 끌어
당기고 있고

나루터는 그냥
지나쳐서는 안 되는 것들을

나룻배에 가득 실어놓고는
살아가고 말하며 다가올
그리운 정을 기다리고 있는
달맞이꽃처럼 제 그림자를
벗어나지 못하고

강나루는 끈질기게 적막을
움켜쥐고는 모든 것으로부터
벗어나려 하고 있는 것처럼
아무것도 일어나지 않는
갖가지 빛깔로
갖가지 소리로
꿈결같이 여기에 없는
강물을 건너가고 있다

역광逆光

새로 산 거울을 걸어
놓고 물끄러미 들여다
보고 있다

거울에 비친 낯설고
투명한 빛 잊지 못할
사람 생각나게 하고
허공으로 보낸 편지와 생각이
생각을 바꾸지 못한 일들이
잊고 살았던 마음의 문을 열고 있어
그 빛에 귀를 기울이다
보면 잃고 나서야 알게 된
당신이 있다

죄지은 사람처럼 철렁
하는 가슴을 쓰다듬으며
잡히지 않는 당신의
목소리라도 들어보려고
당신에게 한 번도 해보지 못한
말들을 웅얼거리며 당신의

감옥에 갇히고 싶어 아니
탈옥하고 싶어 어두운 밤마다
눈을 뜨는 별들의 이야기를
듣고 듣는다

거울을 닦고 또 닦아
내는 나를 내가 버린
휴지통 그곳에서도
살아나는 당신은
도대체 누구인지

달맞이꽃

달빛으로 숨을 쉬는
사색이 샛노랗다

깊은 생각은 꽃보다
화려한 화장을 하고
부풀어 오른 환상은
달빛을 만지고 애무하듯
읽어내는 몸짓으로 환하다

앞과 뒤 좌우에서
튀어 나오고 질주하고
회전하는 달빛에는 아무것도
될 수 없는 그 무엇이
있는 것은 아닐까

쌀쌀한 밤이 깊어도
무엇인가에 홀린 듯 나비는
꽃들 사이사이로 날고
달맞이꽃이 제 그림자를
달빛에 드리우는 개울가에는

달빛이 눈부시다 못해 잎
돋움 하게 하는
봄기운 같다

호수

찰랑거리는 물결로 산
그림자를 지우고 있는
호수는 햇빛을 탱탱
튕기고 있다

꼬리에 꼬리를 물고
반짝이는 갖가지 빛깔과 소리들
포효할 것만 같은 침묵이
오싹오싹 모여들고 있다

빠지면 죽을 것 같은
물빛으로 반짝이고 있는
너에게로 가는 발길
내밀어야 할지 디밀어야 할지
알 수 없는 너의 표정

서정춘
―수화기 저쪽에서

수화기 저쪽에서
가난이 슬픔이 바닥을 치는 소리

편안하시냐고 전화를 했더니
이불 속이 이렇게 아늑할 수 없다고
세끼 밥 먹는 일이 이렇게 편안할 수 없다고
찰나 찰나가 이렇게 찬란한 줄
미처 몰랐다고 말한다
술 냄새 말똥 냄새 풍기며 웅크리고 앉아
울고 웃던 가난이 슬픔이 짧은 시를 쓰듯 말한다
따뜻한 봄날
낮은 곳으로 낮은 곳으로만 흘러가는 강물
찰랑찰랑 잔물결에 반짝이는 물별같이 말한다

한 모랭이 두 모랭이 지나
은빛 날개 반짝이는 소리
서정춘이 간다

제2부

오래된 리듬 1

산과 들 그리고 바위까지 내 안에서 살아가고 있는 고통
이 가야금을 퉁기는 소리같이 구슬같이 우는 밤새 소리같
이 흐느낌이 되고 통곡이 되고 한탄이 되면서 짙은 우수처
럼 흐르고 신음하는 두려움이 새들의 노래처럼 새로움을 만
들어가는 리듬으로 물결치는 부유하는 떠도는 말의 리듬을
훔쳐 듣는 충격이 전율이 이루어져야 할 운명처럼 다가오
는 이해할 수 없는 말들이 이룰 수 없는 공간으로 내몰리는
파편 같은 것들이 내 안에 살아가고 있는 것들을 찌푸린 잿
빛 구름 속으로 흙먼지를 일으키는 바람 속으로 한 뭉치 내
려앉은 먹구름 속으로 끌고 가는 마치 죽음을 앞에 둔 것 같
은 내 머릿속에서는 떨리는 신경과 삐걱거리는 뼛속에서는
내가 먹고 자란 게 무엇인지 오갈 데 없이 서러운 마음 먼지
와 빗물 사이에서 눈물로 달래는 나는 나라는 방 안에 들어
앉아 파편 속에 숨어있는 집을 찾아내거나 싹이 돋는 어린
나무를 발견하기도 하는 내 바깥의 현실 같은 뜨락의 도라
지꽃 달맞이꽃 창백한 꽃들로 고개를 쳐들고 개울물 흐르는
소리 부엉이 울음소리를 듣고 매일매일 새롭게 물결치는 리
듬에 눈을 맞추는 다른 방문을 열고 문턱을 넘어서는 적막
함 속에는 새들이 날아와 알을 품고 풀빛이 짙어지는 오래
된 리듬이 즐기듯 강물처럼 흘러가는 리듬이 변화를 만들고
살아갈 이유를 만들고,

오래된 리듬 2
—지금 여기

산과 들 그리고 동네 사람들까지
지나간 일 다가올 일들을 말이 아닌 삶으로 말을 하는

말이 아닌 말들이 들려온다
삶이 아닌 움직임들이 보인다

그것들

말이 정지하는 곳에서 터져 나와 내 눈을 사로잡고
세계 안에서 일어나는 모든 것을 떠올리게 하는
고문을 한다

아무것도 말할 수 없는
아무것도 이행할 수 없는
아무도 듣지 않고 감동도 시키지 못하는

그것들이 전달하는 영상들 생명력이 될 때까지
어슴푸레 파악된 나의 주관이 생생하게 활력을
찾을 때까지

고문 아닌 고문으로
사랑 아닌 사랑으로
내 가슴에 쿵쿵거릴 때
흔들리는 풀잎 하나도 다 내게로 왔다
산과 들 동네 사람들까지

끝도 없이 그들의 생각 속 넓은 공간을 비상하는
어느 한낮에 꾼 꿈으로 날아가는

한낮의 그늘에 앉아

단 일 분만이라도
그의 품에 안길 수는 없을까
마음과 마음이 통할 수는 없을까
좁혀진 미간의 주름살
사이 시나브로
시나브로 시든 꽃잎들 긴
여운을 남기는 별빛만큼
송글송글 맺히는 머릿속은
복잡하게 뒤엉키고
독백 같은 미련 아쉬운
만큼 그리워하고 안타까운
만큼 기다리면서 어림없는
가당찮은 욕심이라는 자각
절망감이 가슴을 치는
한낮의 그늘에 앉아
뜨거운 열기를 식히는 것은
내 몸 저 깊은 곳으로부터 샘
솟고 있는 간절한 소망이 가지
가지 봄꽃을 피우는 내
마음을 아는 사람
나밖에 없기 때문이다

능선에 기대어 1

감싸고 살피는 마음의 굴곡이
달래는 굽은 등이
산을 덮고도 모자라는 듯 구불구불하다

발끝에서 손끝까지 감싸 안는
깊고도 깊은 계곡 목마른 것들에게
물 한 모금 전달하느라 잔소리하느라 소란스럽다

능선의 전심전력은
산을 이루고 산은 능선을 이루고 있다

숲과 나무들의 기억으로 능선은 능선 너머에 능선을
자라는 것들의 환상은 능선 위 아롱거리는 아지랑이를

능선은 들판을 향해 나아가고 있다
눈이나 비가 오는 날은
세상 밖에서나 울었음직한 울음을 울고 있다

능선에 기대어 2

당신을 찾아 더듬는 마음
내 뜻만으로 이루어질 일은 아니어서
마음을 묶어 가슴속에 담아두어도
자꾸만 산 넘고 강을 건너
수천수만 리를 갑니다.

당신을 찾아 미어지는 가슴
기다림이 턱없는 것도 아니어서
가슴의 문을 열어두어도
썩어 무너진 가슴 사이로 근심의 흙바닥만 드러나고
찢어진 문종이 사이로 찬바람만 스며듭니다.

기다리면서 서성거리는
생각은 생각 없는 생각이 아니어서
칠락팔락 날아드는
호랑나비 날갯짓처럼 얼룩덜룩하게 두어도
겨울은 하얗게 내 창가에 왔고
눈보라는 마른나무 가지에 눈꽃을 하얗게 피웁니다.

능선이 에워싼 여기

빠꼼하게 뚫린 하늘은
내 가슴을 아프게 하는 그리움에
발자국 소리를 들려주고
능선을 넘어가지 못한 바람은
숲속에서 발버둥을 치고 있습니다.

시간 1
—미래

과거 속에서 복잡해지는 가슴을 훑고 지나가는 뱀을 닮아
섬뜩한 차가움으로 다가오는 미래는
쌓았다 허문 날들의 주술 같아서

유령 같아서
악마 같아서

여기저기서 터져 나오는
일어났어야 할 것이나 일어날 수 있었을 것이 무엇인지
매번 전쟁같이 푸닥거리하는 나는

살아보지 않은 것을 환상하고 욕망하는
그것이,

너이든
나이든
인류이든

어둠을 쥐어뜯는 앙칼진 바람 소리 같아
낡고 때 묻은 입성같이 외로움에 찌들고

세월에 찌든 모습 같아
멀어지는가 하면 다시 가까이 다가서는 미래는
미래가 아니었다

과거가 오늘에 빛을 던지는 것도
오늘이 과거에 빛을 던지는 것도 아니어서

거미줄로 그네를 뛰는 것 같은
확신이 확신하는 확신에 매달려 산다

시간 2
—나날들

나날들은
언제나 현재로 놓여 있다 눈에 보이지는 않아도
없어지는 것은 아니어서
아무도 본 적 없는 세계가 열릴 때까지

내 마음 창공의 별처럼
알 듯 말 듯한 수많은 이야기를 한다

진실한 정원에서만 자라나는,
무엇을 위해 살아야 하는가 하는 내 마음 그늘과
스며든 여광에 얼룩진 바위까지

미지의 움직임 보랏빛같이
인류를 변화시킬 움직임같이
빛이 밝을수록 그림자는 깊어지고

꿈과 같이 살아보지 않은 현재로 반짝이는 나날들,
나를 꿈밖의 꿈을 꾸게 하는 세월로 꿈틀꿈틀 지나간다

지나가는 것들이

꿈속의 헛소리처럼 무너지는

그것들,

어느 날부터인가 뜨락의 나무는 일제히 움을 틔우고 있다
생명의 공간을 향해 가늠할 수 없는 무서운 힘으로
팽창하는 혐오가 공포를 공포가 신성함을 만들어내고 있다

십일월

해가 기울고 있는 산들은
제 그림자에 덮여 어슴푸레하고
대지에 발붙여 뿌리내리고 살아가는 것들
침묵 속으로 빠져드는 침묵은
침묵이 아니어서

대지에 잎을 다 떨군 나무들
서있는 골짜기마다
품고 있던 물들을 흘려보내고
그 물줄기 따라 돌아올지도 모를
당신을 기다리다 먼
산만 바라보고 있는
깊을 대로 깊어진 눈빛은
눈빛이 아니어서

새삼 생각하는 것은
지나갔을지도 모를 이름뿐인
당신을 기다리는 것은 아닐까 하고,
낙엽 한 장 그 물줄기에 띄워 보내기도 하는
그리워 그리워서 가슴으로 부르는

영원히 돌아오지 않을지도 모르는
당신에게 빠져드는 생각은
생각이 아니어서

산등성이를 넘어오는 바람에
대지의 빛깔이 허물을 벗고 깊어지는
십일월입니다

잔설

잔설 위에 찍힌,
새 발자국이 녹고 있습니다
사라진다고 없어지는 것은 아니어서
발자국 따라 마음이 달리는 것은
기대고 살아가야 할
무엇이 있지는 않았을까 하고
내 안의 잔설을 들여다보는 동안
어제의 내가 잔설 위에
찍혔다 녹아내리고 녹아내리는
발자국, 발자국들
웃어도 슬퍼 보이고
울어도 태평스럽게 보이는
붉은 눈이 나를 바라보는 지나간 일들이
새삼 눈에 들어와 가슴에 주먹질합니다
계곡을 휩쓸며 오르기도 하고
내려가기도 하며 쌩쌩거리는 바람 소리
그 소리와 소리 사이사이를 비집고 들려오는
날카로운 짐승들의 울음소리
지난 세월의 마디마디를 녹여 내고 있습니다
녹아내려 제풀에 얼룩덜룩한

무엇이든 녹이지 않고는 살 수 없던
거기에 쌓았다 허문 날들, 오늘도
그냥 지나치지 못하고 걸음을 멈추게 하는
잔설입니다

들녘에서 1

맑고 투명한 눈빛으로
내려다보는 하늘의 수심이
물빛같이 점점 더 깊어가는
들녘에 익어가는 벼 이삭이
고개 숙이고 있었습니다.

날마다 그 은밀한 변화를
지켜보고 있는 논둑에는
이삭이 여물기만을 기다리는
텃새들의 눈빛
낟알을 깨물어 보는
농부의 표정을 무심한 듯이
샅샅이 살피고 있었습니다.

가로젓는 농부의 고개가
끄덕임으로 바뀔 즈음
절정을 이룬 황금빛은
우리들 마음을 환히 알고
있다는 듯 출렁거렸고 신명
오른 텃새들은 떼를 지어

내려앉고 있었습니다.

한 알이라도 놓칠세라
알알이 그러모은 햇빛 모두를
머금은 황금빛 낫을 들고
들어서는 일손을 풍성하게 하고는
넓고 푸른 하늘을 올려다보며
싱긋이 웃는 들녘에서
임을 부르고 있는 나는
부풀어 오르고 있었습니다.

들녘에서 2

누구에게나 한없이 넉넉하고
겸손한 마음까지 품게 하는
초록 들판
풍성하게 자란 곡물들의 부피감이
부드럽고 푹신한 질감을
만들어내는 것은
색깔의 요술만이 아닐 것이다

이것을 무엇이라 말해야 좋을까

누군가의 정성이 깃들어 있어
풋풋한 싱그러움이 생동하고 있는
묵직한 출렁임
이 땅에 터 잡고 살아온
장구한 세월이 도란도란
제 몸을 받쳐주며 기대고
기대며 받쳐주는
쉴 새 없이 이어지는 신음 소리

이것을 무엇이라 말해야 좋을까

뙤약볕 아래 물결치는
들녘의 숨은 이야기
피부에 와 닿는 햇살이
보드랍고 따뜻한 들녘에서

다래 넝쿨 그늘에 앉아

우산을 씌워놓은 것처럼 우거진
다래 넝쿨 그늘에 앉아
주렁주렁 열린, 다래를 보며 생각합니다
당신도 따 먹을 수 있는
열매라면 얼마나 좋을까 하고
한 알 따서 입에 넣고 오물거리며
눈에 담기는 당신을 생각하기도 하고
이 길을 수없이 오르내리다
당신이 뱉어낸 씨앗이 자라
이런 그늘을 만들었을 거라고 긴장하는 것은
숨죽여 다가가면 갈수록
길은 꺾이고 구부러져
수분이 바싹 말라붙던 입술로는
당신의 이름을 부를 수가 없어서
아무리 애를 써도 이름이 기억나지 않아서
눈앞이 캄캄해졌기 때문입니다
이렇게 좁힐 수 없는 거리가
다래 넝쿨 그늘에 앉아있게 하는
여기서,
당신을 만날 수는 있을까

얼어붙은 듯 앉아있는 나를
아실 수나 있을까

제3부

유리창

창밖에 비친 그는
녹슨 굴뚝이었습니다
아버지처럼
더 이상 말이 없는

말없이 창밖에서 들여다보는
무서움이 유리창에 일렁거리는
긴장을 당해 낼 도리가 없어
자세히 보려고 눈을 닦다가
창문에 흐르는 바람
나뭇가지를 흔드는 그의 표정
생각만으로는 어쩔 수 없는
만지기만 해도 손에 칼금이 생기는
눈동자에 비친 보석처럼
창밖에서 계속 들여다보고 있는
그가 나를 고문하는 밤입니다

고문은 아프지 않았습니다
그가 흘린 눈물을 내 눈에서 닦아내는
속삭임 같은 사랑
그것이 나를 외롭게 하는 고문입니다

녹턴 1

한밤중이다
바람이 창문을 흔드는 것 같아 고개를 들고
귀를 기울이는 하늘에는 별이 총총 돋아나 있다,
돋아나는 것들이

나를 찌르고
너를 찌르는

별빛은 모두 화살이었다
찔려도 찔려도 아프지 않은 아픔이 너를 울리고
나를 울리는
울리는 것들이

시체를 쪼아 먹는 까마귀같이
우리를 쪼아 먹는 익숙한 소리가
익숙하지 않은 듯 모르는 소리가 아는 듯 들려오는

추억의 창문에서는
어느 길모퉁이에서 들려오던 바람 소리
강물을 건너오던 뱃사공의 노랫소리

장님이 불고 가던 피리 소리
소리 없는 소리의 날갯짓이 뱀의 살갗처럼 넘실거린다

어제보다 얇아진 나는
더 이상 얇아질 것도 없는 칼날 같아서
꼬리에 꼬리를 물고 돋아나는
수많은 나를 잘라내다 지쳐 잠이 드는

그 눈동자 속에
그칠 줄 모르는 집념이
한밤중이다

녹턴 2

밤의 깊이를 헤아리게 하는
그건, 바람 소리만이 아니었다.

고양이가 돌담을 뛰어오르는 소리,
그 소리가 돌담에 울려 바람 섞인 소리
팽팽해진 정수리가 창문 쪽으로 뻗어가는 밤이다.

어둠에 감긴 바람처럼 밤이 나를 신음하고
내가 밤을 신음하는 고통이 깊어 주름진 밤이다.

그 주름진 무덤에 파묻혀 신음하는 나는
더 이상 내가 아닌 나를
더 이상 네가 아닌 너를 기다리다
고양이가 월담하던 길을 오고 또 간다.

그리고

거부된 것들
실수들
자질구레한 것들에 숨겨져 있는 은밀한 것들까지

섬광처럼 나타났다 사라지는 모든 밤의 신음을 생각하는
촘촘한 목숨의 길이 신음이 두려움이
가파른 고비를 넘어가는 주름진 골짜기마다
어제 없던 별빛이 환하게 웃고 있는 밤이다.

녹턴 3

보고 싶은 정이야 못 참을까마는
어둠을 잔뜩 물고 있는
보이는 것이라고는 아무것도 없는
장지문에서는 문풍지만 울어대고
들을 만큼 들은 소문같이
살갗을 에는 찬바람만이 목덜미에 와 닿는
깊을 대로 깊어진 겨울밤
말은 끊어지고 바람 소리뿐이다
바람이 바람을 부르는 바람 찢어지는 소리
기다림이 소리 없이 울어대는
가슴 미어지는 소리 같아
그대로 아픔이 되는
바람 아닌 바람 소리
그래도 얼어붙은 잎눈을 꼬옥 쥐고
윙윙 울어대는 앙상한 나뭇가지
제 발밑에서 들려오는
제 발소리에 귀를 기울이는
그곳에도 해와 달은 뜨고 지고 있어
온갖 초록들이 내뿜는 향기
허공에서 아롱거리는 무지개 같은

그런 정을 쫓아 잠이 들고 꿈을 꾸는
시간이 축 늘어진 밤이다

겨울바람

스쳐 지나가는 바람이 아니었다.
거세게 몰아치는 바람은
예리하게 날을 세운 얼음 조각 같아
갈가리 찢어대는가 하면 속을 후벼 팠고
뼛속까지 파고들어 윙윙거렸다.
바람 아닌 겨울바람,
가늘고 조그만 눈꼬리는
칼로 찢어놓은 듯 사납게 보였고
눈동자는 무엇이라 가려낼 수 없는
싸늘한 빛깔이었다.
추풍낙엽같이 쓸고 가려는지
이놈의 세상이 어찌 되려고 그러는지
보이지 않는 두려움 앞에 숨죽이고 있는
가슴 가슴에 절망을 불러일으키고 있었다.
머지않아 집집마다 신음이 들려올 것 같아
살아도 살아있는가 싶지가 않았다.
잊었던 악몽보다 강하게 불고 있는
겨울바람,
도톰하게 솟은 입술은
주름 하나 없이 반들거렸고

살결은 연하고 희었으나
기름이 가라앉은 듯 찌덕찌덕 하고
몸집은 작아서 암팡져 보였다.
달빛이 이리저리 흔들리는
대추나무 그림자 사이로 까치독사 한 마리
스스슥 기어 나올 것처럼 서늘했다.

겨울 강

오래된 침묵 같은 겨울
강은 제 몸을 조이느라
쩌렁쩌렁 울고 있고
아무것도 아닌 것들이
보이지 않는 것들이
아무것도 아닌 것이 아닌 것들을
에워싸고 물결치는 물결까지
얼어붙이고 있다.

그 숨결 서늘한
빈말 그 웅얼거림이 또
다른 물결로 물결칠 때마다
살갗을 에는 듯 차가운 것들이
목덜미에 와 닿는 마음에 걸리는 것들이
전신을 싸고도는 것들이
가고 오는 것들이
얼어붙은 강바닥에 튀기는
햇살들이 밤하늘 별같이
반짝거리고 있다.

이곳을 이어가는 반짝임같이
나를 단련시키는 서늘함같이
아무것도 말할 수 없는 또
다른 여기를 반짝이며
울고 있다 홀딱 벗고
너와 나를 기다리고 있다.

그의 방

낡을 대로 낡은 방
시간이 흐를 대로 흐른 지금도
발을 들여놓을 때마다 꼿꼿하게
허리는 긴장되고
어깨는 짓눌린다.

긴장은 옛 생각을 새삼스레
떠올리게 하고 벽을
따라 쌓아 올린 책들을
바라보는 오래된 종이 냄새 속에
물큰 스치는 내가 보여
숨을 들이켰다 내쉬는
가슴이 울렁거린다.

돌이켜 보면 장식이라고는
하나도 없는 그윽하고 슬픈
듯한 그의 방에 갇혀 한 걸음도
내딛지 못한 것은 언제
보아도 단아하고 말쑥한 그의
표정에 흔들린 나의

감정일 거라는 생각이
눈을 감은 채 그의
냄새를 음미하고 있었다.

짧은 시간이지만 이런
생각을 하는 나를 잡지도
않고 놓아주지도 않는
그는 그의 방에서 쌓았다
허문 날들과 나의 이름을
알기는 할까?

산봉우리들은

크고 작은 산봉우리들
말할 수 없는 어떤 것이
있는 것처럼 손에 손을 맞잡고
줄기를 만들고 그 줄기들은
능선을 만들어놓고는
너를 향해
나를 향해
보란 듯이 어깨동무를
하고는 어울림같이
끈질긴 생명력같이
능선 너머에 또 능선으로
끊임없이 이어가고 있다

이어가고 이어지는
들리지 않는 말들이 보이고 나를
압박해 들어오고 있는
말없는 말들이 들려오는데
이 격렬함은 어디서
오는 것이며
이 안쓰러움은 어디서

오는 것인지
삶의 밑바닥으로부터 거슬러
오르는 바람 소리는 너와
나를 몸부림치게 하는 전신을
감싸고 도는 공포가 혐오를 만드는
창살 없는 감옥 같다

우리 모두는
이미
그 감옥에 수감되어 있지는 않을까

현실

눈은 떴지만 몸은 깨어나지 않고
끈적끈적한 문어 다리 같은 것이
철버덕 떨어져 목을 휘어감는
징그러운 환각에 머리를 마구 흔들어대는

잠에서 깨어난 나는
사지에 감각이 돌아오는
손을 뻗쳐 어둠을 더듬더듬 더듬는
밑바닥까지 내려가서 비밀 없는 비밀로 남아있는

오늘 속의 하루
하루 속에 있는 어제와 내일

오늘이라는 시간의 길 위에서 앞서 나갈 수도
뒤에 머물 수도 없는
아무것도 믿을 수 없는 믿음의 냉기에 몸부림치고 있다

찬바람도
얼음장 밑으로 흐르는 차디찬 강물도 아닌

그냥 냉기일 뿐인 오늘의 행동과 태도는
매일매일 입고 살아갈 옷과 같아서
필요에 따라 입고 벗어 던지는 뱀의 허물 같다

잠과 꿈 사이

너도 가고 나도 가고
언젠가는 가야 할 그곳은
가기 싫어도 갈 수
밖에 없는 곳

살다 보면 산등성이를
넘어오는 캄캄한 밤이 내린
이슬을 받아먹고 연명하는
고단한 잠꼬대같이 비밀을
먹고 살기도 하고

대낮에는 보석 같은 아내와 아들
햇빛이 안겨 주는 따뜻함에 취한
정신이 밤하늘 빛나는 별같이 달
달달 떨고 있는 떨림에
기대어 살기도 하는

한 그루 나무같이 언제나
새벽만을 향하고 있는 그곳에
뿌리를 내리고 살 수밖에

없는 나는 언제부터인가
발가벗고 잠자는 습관이 생겼다

빈 둥지

저리도 쓸쓸해하는 것은
할 일을 다 했다는 것은 아닐까
저리도 속이 문드러지고 썩어가는 것은
한번 떠난 새들이
다시는 돌아오지 않은 탓은 아닐까
담뿍 실린 하얀 눈이 흩날려 내리는
수수께끼 같은 광경이 발목을 잡는
빈 둥지에 부는 바람은 가지가지였다
어둠이 짙은 만큼 쌓인 눈은 하얗게 빛났다
빛나는 것들이
저마다 제 별을 찾아 날아가는
날갯짓에 귀를 기울이는 빈 둥지
시커먼 밤을 삼킬 듯
늘름늘름 혀를 내두르고 있다
마치, 창문에 너울너울 춤을 추고 있는
앙상한 감나무 그림자같이
저버릴 수 없는 것들이
조금만 움직여도 산산조각이 날 것 같다

제4부

봄날

능선을 따라 일렁이는 열기, 푸르고 구름 한 점 없는 하늘을 온기로 가득 채우는 바람이 산들거릴 때마다 아른거리는 정감이 새삼스레 눈에 들어오는 날이다.

산자락의 초록빛 햇살 속에서 돌 축대 사이에서 잎잎이 가벼운 몸놀림으로 반짝거리는 햇빛 속에서 온몸을 산산이 부수고 있는 아지랑이라고 말할 수밖에 없는 뜨거운 입김 같은 것이 아롱거리고 있다.

낯선 눈으로 바라보는 저것은 누군가의 사랑의 입김일지 모른다는 생각이 고개만 끄덕일 수밖에 없는, 누군가의 입맞춤 같은 열기를 받은 봄날이 온몸으로 새싹을 밀어 올리고 있는 날이다.

여명黎明

새벽이 어둠 속으로
사라져가는 어둠과
별들까지 물들여 놓고는
제 몸을 드러내는 능선을
사르고 있다 매일같이
너를 깨우고
나를 깨우는 것같이

어제 풀지 못한 숙제들과
지나간 모든 것들을
끌어내 놓고 위협하는 끔찍한 것들이
너에게 나에게
공포를 가져다주고는
말할 수 없는 것들이 말하는
말을 붉게 물들여 놓고는
익숙한 소리들이 녹아있는 것같이
무어라 외치는 것같이
이야기를 만들고 세계를 만들어
귀에 대고 속삭인다

거짓보다 거짓 같은 말들이
바람 속을 빙글빙글 돌고 있는
아무도 기억하지 못하는 새싹들이
가만히 빛나면서 꿈틀거리는
들녘에서는 쇠꼬리가 흔들릴 때마다
쟁기는 앞으로 쑥쑥 빠져나가고
검게 기름진 흙이 이쪽으로
저쪽으로 갈라지면서 흩어진다

고요에 이를 때까지 흩어진
기름진 흙은 기다림의
기다림을 기다리는

봄바람

알짱거리는 봄바람에
가슴에는
아지랑이 같은 것이
몰려왔다.

설레는 마음이
무엇인가를 기다리는
손짓해 오는 아찔한 바닥
모를 허무의 아가리는 이러면
이런다 하고 저러면
저런다 한다.

어느 장단에 춤을
춰야 할지 모르겠는 종소리는
꼬리에 꼬리를 물고
바람은 나무 그림자를 흔드는
가슴에 주먹질하며 통곡하고
싶은 마음 밑바닥에서 거슬러
오르는 전신을 떨게 하는
생과 사 두 무릎

사이에서 비어져 나오는
젖꼭지만이 보랏빛이다.

봉우리같이 팽팽하게 솟은
젖무덤이 움직임에 따라 격렬하게
흔들리는 리듬이
나를 사로잡고
너를 사로잡는
빛깔과 빛깔이 난무하는 빛깔
너머에 있는 고요함이 바람에
실려오는 모래알같이
얼굴을 때리는
봄볕 따스한 장다리밭에는
노랑나비 한 마리
나풀거리고 있다.

여름밤

어둠을 헤치고
논둑 밭둑을 지나 들려오는 개구리 소리
목청을 맞추느라 바글바글 끓어대는
캄캄한 들녘에서 반딧불을 쫓는 아이들
허방을 딛기도 하고
발걸음이 빗나가
개굴창에 굴러떨어지기도 하는
여름밤

파고드는 이야기같이
알아들을 수 없는 빛을 반짝거리는
별들은 끝도 없이 산과 들을 밝히고
바람은 나뭇가지와 솔잎들을
세차게 회초리질
하는 안방에서는
돌아앉아 한숨짓는 어머니
옴팡하니 들어간 눈에서
새소리와 물소리 같은 별이 빛나는

지난 세월은 기억에서 고향이 되어가고

시간만이 꼬리를 흔들어대며 헤엄치고 있는
마음은 수만 가닥 되어 당신을 찾아 더듬다
바람처럼 산을 넘고 강을 건너 수천 리를 가는
들녘에는 가까이 갈수록 멀어지는
그의 얼굴이 물결치고 있다

저녁노을

말없이 멀어져 간
뒷모습 대신 뒷모습이 있던 자리
그곳을 물들이는 것이 노을 아닐까

가지 마 가지 마 제발 가지 마
말이 아닌 마음으로 외치는
강물 가득히 그리고 하늘과 구름에
쉴 새 없이 흔들리는 나뭇잎과 풀잎 사이에
뒷모습이 있던 자리라면
어디든지 물들여 놓고는
잠시 밀어놓았던 것들을
무엇인가 견딜 수 없는 것들을
되돌려 놓고는 붉게 태우는 것은 아닐까

쭈빗쭈빗한 논둑의 마른풀이
논물에 그림자를 내리고 있는
논에서는 개구리가 울고
나무 밑에서 풀을 뜯고 있는 소는
꼬리질을 하며 엉덩이에 붙은 파리를 쫓고 있는
그의 뒷모습이 있던 자리에

저녁노을이 물들고 있다
우리가 놓치고 있는 색깔 속에
더 이상 물들일 수 없을 때까지
더 이상 서로가
서로를 느낄 수 없을 때까지

비밀 정원

지난 시간들은
생각이 난다고 있는 것도
생각이 나지 않는다고 없는 것도
아니어서 눈이 아닌
눈에 보이고 귀가 아닌
귀에 들린다 사라진
시간이 공간까지 끌고 갈 수
없는 것처럼
밤이 낮의 모든 것을 지울 수
없는 것처럼

그것은
슬픔과 기쁨 속에 살아
있어 어둠 속으로 사라져
가는 반짝임같이 살아
가는 나를 향해 빛나는
밤하늘 별 같다
눈 없는 눈으로 나를
보는 것처럼
입 없는 입으로 말을

하는 것처럼

사라진 것으로 나타나는
누군가 피워 놓은 뜨락의
도라지꽃 달맞이꽃이 흔들리는
논둑을 따라 걸어가는 흔들림
속에 알싸한 꽃 내음 가득하다

코끝에 스미는 여린
향기 무언가에 끌려가고 있는
것 같은 기분이
지금의 허기를 달래주는
포근함 속에서 바람은
가볍게 산들거리고 풀잎들은
금방 초록 물을 떨굴 것처럼
방울방울 맺혀 놓고는 바람이
흔들 때마다 잎잎이
가벼운 몸놀림으로 반짝거린다

지금은

누군가 뿌려놓은 별들이

쏟아지는 밤 별들이

쏟아지는 길을 따라

한 발 나설 때이다

야행夜行

　어둠이 깊어갈수록 추위가 기승을 부리는 밤길에 들리는 소리, 그 소리는 나뭇가지들이 시달림당하고 솔잎들이 찬 바람에 휩쓸리며 극한을 견디어내는 소리였다.

　가슴을 울려 가슴을 치는, 밑바닥으로부터 흔들리는 흔들림, 찢어지는 파장으로 울려오는, 그 소리는 그대로 나를 물고 늘어지며 얼굴을 화끈화끈 달아오르게 했다.

　긴 파장을 일으키는 하늘을 바라보았다, 어둠이 짙은 만큼 초롱초롱 깨어나는 별들, 반짝이는 입술에 얽히고설킨 이야기, 길을 인도하는 불빛같이 깜박이는 밤길을 간다.

가랑비

그리움이 가는 길에
가랑비
내리고 있다

땅이 촉촉하게 젖을
만큼 하염없이
내리는 가랑비를 맞는
한 걸음이라도 빨리 가려고
종종걸음 치는 그리움

실비가 그칠 줄 모르는
하늘은 낮았고
산봉우리도 산 중턱도 묻혀
먼 곳을 볼 수 없을 정도로
무겁게 내려앉아 있어
돌아갈 자리까지
보이지 않았다

갈수록 마음을 적시는
가랑비 내리는 길

하나같이 몸을 움츠린
가랑잎들 갈 길을
멈춘 채 함초롬히
제 몸을 적시고 있다

그리움이 탱탱한 봄이다
―시인 윤동주를 그리며

뜨락의 나무엔 일제히 움이 터져 나오고 있다. 여린 것들이 가늠할 수 없는 무서운 힘으로 살아보지 않은 공간을 향해 팽팽해지고 있다. 팽팽해지는 것들이 나를 본다, 여린 것들이 나에게 말 없는 말을 한다.

어렵게 찾아온 봄의 그림자 밑바닥으로부터 거슬러 오르는 삭막한 바람 소리는 벼랑이었던 날 선 시간과 눈 쌓인 비탈길을 기어오르던 나를 흔들어댄다, 내가 세상의 빈 칸을 파고들 때까지 격렬한 적막 속으로 들어가 움을 틔울 때까지.

그리고는, 잠시 뿌린 빗물을 움푹 파인 뜨락에 고여놓고는, 파란 하늘과 구름을 비추는 호수같이 바람이 불 때마다 흔들리는 살아 꿈틀거리는 뜨락의 일상 속으로 스며든다. 스며드는 것들이 꽃을 피우는 뜨락으로 내가 한 발 들어설 때 세상도 꽃을 피운다.

차마
보고 싶다
말하기도 미안한
당신을 향한
그리움이 탱탱한 봄이다.

가을 햇살

당신에게 매달려 살던 날들이
치열했던 날들이
눈부셨던 날들의 뼈마디를
꼿꼿하게 곧추세우는
쌀쌀함이 잎을 흔드는 가을
스산하게 몸을 뒤척이는 소리
그 사랑한다는 말이
누군가를 떠나보내는 날같이
그리운 것들이 바람 되어
날아가는 소리가 뜬눈으로
밤을 하얗게 지새우는
초롱초롱한 눈동자 별같이
내 마음속 푸른 집 대문을
두드리듯 깨우듯이 톡톡 터지는
콩꼬투리 눈부신 알갱이들이
고양이처럼 웅크리고 앉아
양지받이 하는 내 입술을 질끈
깨물었다 풀고는 울어야 할
내일에 맺혀 구슬처럼
빛나는 햇살이다

나의 시

내가 나를 알 수 있을 때까지
내가 내 밖의 나를 알 수 있을 때까지
살 수는 있을까
얼마나 더 살아야 알 수 있을까
우주가 사라질 때까지 산다면
알 수 있을까

이렇게 불가능할지도 모를
생각을 하는 생각은
가능할지도 모른다는
생각을 하는 생각이
삶의 전부인 생각으로 살아가는
강가에 자리한 우리 집에
내 밖의 나와 같이 산다
언제일지 모르는 그날이
슬퍼질 때마다 들리지
않던 소리가 어렴풋이 들리는
강가에 나란히 누워

내가 듣는 강물

흘러가는 소리에 사람들은
무슨 생각을 하고 있을까
되면 되는 대로
안 되면 안 되는 대로
나도 모르게 생각을 펼쳐 들고는

발자국을 옮길 때마다
돌 사이를 뚫고 풀을 헤치며 개울물은
졸졸 흐르고 나무들이
우지끈거리는 소리에 새들이
뿔뿔이 흩어지는 골짜기
마다 꾸불꾸불한 길
자작나무 가지 속에 꿈틀
거리고 있는 봄기운
고로쇠 수액을 마시는

촉각으로 이미 알아챈 달팽이가 기어 오고 있는
그 눈초리를 외면할 수 없는 길, 시의 세계에서
이슬과 풀 그리고 그들의 그윽한 향기 속을
종종걸음으로 걷기도 하고 높이 뛰기도 하는

매 순간 새로움으로 다시 또다시 태어난다

두 발로 걷지 못하고 머리로 걷는
신발 바닥이 뚫려 맨발로 걷는
고통스러움이 외로움을 만들고 외로움이 공포를 만드는
당신의 어디를 붙잡아야 좋을지
지나가는 바람 속에 물결치는 오르락내리락하는

색의 세계와 색의 바깥에서 움직이는
천태만상의 변화, 시작부터 끝까지
새로움만으로 현재에 놓여 있는, 끝없이 누군가를 부르는

살아보지 않은 삶
하늘과 땅의 근거인
헤아릴 수 없는 변화, 움직임
어디를 붙잡아야 좋을지

몸부림치는 고통의 감옥에 갇힌 나는
오싹오싹해지는
사람이 사람 아니게 되어가는,

공포의 한숨을 깨문다

어찌하다 여기까지 왔을까
내 밖의 나는 나를
한 그루 나무로 본 것이다
한 덩이 길가에 굴러다니는 돌로 본 것이다

그때마다 나는
나 자신이
나무였다
돌이었다

나는 무섭다
내 밖의 내가 무섭다

창밖으로 끊임없이 밀려 떨어지는
별빛이 내 의식을 하얗게 뒤집고 있는
침묵이,
나무와 풀 그리고 돌들이
하얗게 공중을 흔드는 눈송이들이

얼굴을 스치고 지나가는

모든 삶들의 눈물이
열림의 움직임이, 버려진 바깥
저 너머를 알려 주는
짓누르는 듯한 표현들이 찰랑거리는

우리 집이 자리한 강가에 누워
오지 않은 현재를 기다리는
이미 와있을지도 모를 당신을 기다리는
나의 기다림은 기다림의 기다림이다

나비 한 마리가 날아간다

어떤 시적 주체와 바깥 그리고 기다림
—박종국 시인의 『숨비소리』에 부쳐

강웅식(문학평론가)

1.

박종국 시인의 새 시집 『숨비소리』는 그의 다섯 번째 시
집이다. 그의 네 번째 시집인 『누가 흔들고 있을까』에는 시
의 화자 자신이 밭에 직접 뿌린 씨앗에서 나온 떡잎의 채소
들을 기르고 수확하는 과정을 몸과 마음이 겪으면서 얻게
된 깨달음들이 담겨 있었다. 그것들은 현대인의 일상적 삶
이라고 부를 수 있는 삶의 구도에서 우리가 흔히 놓치고 있
는 삶의 가치와 벼리들에 관한 성찰의 내용이었다. 그러한
성찰은 하이데거가 '세계—내—존재'라고 규정한 인간이라는
존재자와 그와 더불어 있는 다른 존재자들이 어떤 의미 혹
은 이해 가능성의 지평에서 그 나름으로 존재하게 하는 세
계 '안'에서 이루어지는 것들을 대상으로 한 것이었다. 그런

데 박종국 시인은, 이번 시집에서는, '시인의 말'에서도 볼수 있듯이, 어떤 '바깥'에 대한 관심을 강력하게 표방한다. '안'과 '바깥'이 각각 가리키는 지시 영역의 대립적 성격만큼이나 지난 시집과 이번 시집은 여러 가지 면에서 매우 다르다. 그리고 이번 시집에서 우리가 발견할 수 있는 그 다름(새로움)은 이미 지난 시집에서 그 맹아를 보여 주고 있었다. 그 증거를 우리는 지난 시집의 맨 끝에 실렸던 「저녁나절이다」에서 찾을 수 있다.

스멀스멀 기어오른 벌레 같은 어둠이 능선을 갉아먹는 소리, 놀라 뛰는 노루 뒷발에 채인 나뭇가지 찢어지는 소리, 암노루 궁뎅이가 희끗희끗 산기슭을 적시는 저녁나절이다

그런 틈새에 살아가는 것들, 어슴푸레한 빛 속 어둠이 몰고 오는, 견디기 어려운 푸석거림, 가엾은 마음이 사르는 능선이 붉은 저녁나절이다

어둠이 빛을 지우는 부적 같은 한 장의 그림이 드러내 보이는 숲속에는 꽃과 잎들이 떨며 진주 같은 이슬방울 떨어뜨리고, 껍질을 하나하나 벗는 산봉우리, 장엄한 시간을 알려 주는 저녁나절이다

잃을 것도 없는 것을 잃을까 봐 끊임없이 몸부림치는 저녁나절
어둠이 능선을 지우며 내게로 오는 동안, 어둠에 익숙한

하늘은 밥풀 같은 별 몇 알 오물거리고 있다.

—「저녁나절이다」 전문

지난 시집에 실렸던 거의 모든 시들이 밭에서 채소를 기르는 일과 연관된 체험에 그 바탕을 두고 있었던 것과 달리, 이 시에는 그러한 종류의 체험과는 전혀 다른 어떤 체험이 담겨 있다. 그 체험은 "저녁나절"이라는 시어가 말해 주듯이 낮에서 밤으로 전환되는 시간의 한 국면에서 이 시의 화자가 겪은 것이다. 이 세상 어디서나 매일같이 반복되고 있는 황혼 무렵, 활활 타오르던 불이 사위어가듯 태양 빛이 스러져 세상을 온통 붉게 물들이다가 그 빛조차 사라지고 어둠이 몰려들기 시작하는 시간, 그 시간의 국면에서 이 시의 화자가 체험한 것은 무엇일까? 적어도 그것은 황혼 무렵에 많은 사람들이 대체로 경험하곤 하는, 일말의 슬픔과 함께 서서히 스며드는 아름다움에 대한 감정의 체험은 아닌 것 같다. 첫 번째 절의 묘사에서도 확인되다시피, 이 시의 화자는 그 앞에서 벌어지고 있는 풍경의 변화에 슬픔보다는 두려움을, 그리고 아름다움보다는 괴기스러움을 느끼는 듯하다. 과연 그 무엇이 이 시의 화자로 하여금 그러한 괴기스러움과 두려움을 보고 느끼게 하는가? 그 세 번째 절의 내용에 따르면, 이 시의 화자는 저녁나절에서 "부적 같은 한 장의 그림"을 보고, 그 "그림"을 통하여 "장엄한 시간"을 알게 된다. 어둠이 빛을 지우는 저녁나절의 풍경에서 이 시의 화자는 그 뜻을 알 수 없는 그림이나 문자가 새겨져 있는 부적과 같은 형상을 본다. 사물들의 형체를 구별하게 하는 윤곽선이 지워진 어둠의 풍경은 우리의 일반적인 이해 가능성을 벗어난 부적의 형상과 같다면 같을 것이다. 빛은 우리가 사물들을 식별할 수 있게 하고 그것들의 상호 관계에서 발생하는 그것들 각각의 의미를 파악할 수 있게 하는 어떤 이해 가능성의 지평인 세계를 우리에게 가져다준다. 그 빛은 하나의 세계를 어떤 이해 가능성의 체계인 그러한 세계로 나타나게 하는 것이면서 동시에 우리 의식이 그와 같은 세계의 이해 가능성으로 밝아지게 하는 것이다. 세계와 의식은 동일한 빛에 의하여 밝아지기에 그 빛의 사라짐은 세계와 의식 그 모두의 이해 가능성을 사라지게 하는 어둠을 가져온다. 그런 점에서 우리의 의식의 무지몽매는 세계의 무지몽매이기도 하고 세계의 계몽은 우리의 의식의 계몽이기도 하다. 그런데, 일반적인 경우라면, "저녁나절"에 이어서 찾아오는 밤의 어둠은 우리의 의식과 세계의 이해 가능성 안에 포섭된 것이기에 그 어떤 두려움도 불러일으키지 않겠지만, 이 시의 화자는 문득 이제까지와는 전혀 다른 "저녁나절"과 "어둠"을 만난다. 그것은 "장엄한 시간"으로서 "저녁나절"이자 그 시간과 함께 도래하는 "어둠"이다. "장엄한 시간", 그것은 낮과 밤의 순환적인 연속의 시간을 이어주는 이음매에서 벗어난 시간, 이 세계라는 이해 가능성의 지평을 구성하는 무수한 부분들이 그것들을 이어주는 이음매에서 탈구됨으로써 드러나는 어떤 영역의 시간이다. 내 의식의 이해 가능성 안에서, 즉 하나의 세계 안에서 유

기적으로 작동하던 것들이 탈구됨으로써 모든 것들이 정상적인 이해 가능성으로부터 벗어나 갑자기 내가 알 수 없는 어둠으로 다가오는 시간. 그 시간은 하나의 세계 안에 속한 측정할 수 있는 시간이 아닌 어떤 시간, "장엄한 시간", 어마어마한 시간, 우리의 모든 이해 가능성의 한계를 벗어난 시간, '무한'의 시간이다. 그런 무한의 시간과 어둠은 측정 가능한 모든 시간의 원천이고 어떤 이해 가능성의 지평으로서 하나의 세계의 토대이다.

「저녁나절이다」에서 시의 화자가 체험한 것은 바로 그런 무한의 어둠과 시간이다. 이 세계 안에 포섭된 모든 것들은 무한의 어둠 앞에서 푸석거리게 되고, 무한의 시간이라는 거울에 비친 모든 것들은 유한함이라는 그것들의 슬픈 운명을 드러냄으로써 이 시의 화자를 안타깝게 한다. 무한의 어둠과 시간에 대한 체험은 우리 의식의 모든 이해 가능성을 뒤흔들어 놓음으로써 우리 자신과 세계를 불안정의 동요 상태에 몰아넣지만, 동시에 그것은 우리가 이제까지와는 전혀 다른 어떤 종류의 사고를 수행할 수 있는 가능성의 계기를 마련해 준다. 어쩌면 시를 쓰는 일은 무한의 어둠과 시간에 대한 체험으로서 시적 체험의 탐색일지도 모른다.

2.

"저녁나절"과 함께 노동과 세속성의 시간인 낮의 빛이 스

러지고 휴식과 성스러움의 시간인 밤의 어둠이 찾아온다(그
밤은 낮에 포섭된 밤이다). 세계의 시간은 그렇게 두 가지 시간
의 규칙적이고 반복적인 순환에 의하여 흘러간다. 그러다
어느 순간 전혀 다른 밤의 어둠이 그러한 순환의 연속을 깨
고 불쑥 나타난다. 세계에 속한 사물들에게 그 나름의 형태
를 부여하는 윤곽이 갈가리 찢기듯 허물어지면서 그 윤곽에
의하여 지탱되던 형태들이 사라지고 난 뒤 그것이 있던 자
리에는 어둠의 심연의 구멍들이 생기고 이 세계는 내가 이
해할 수 없는 어둠의 덩어리로 변해 버린다. 그 순간 마치
이 세계의 바깥으로 내팽개쳐지기라도 한 것처럼 나는 이
세계의 타자라고 부를 수밖에 없는 어떤 곳에 놓여 있게 된
다. 그리고 이 세계의 그런 허물어짐은 동시에 나 자신의
허물어짐이기도 하다. 세계의 모든 사물이 찢기고 그 사물
들을 담고 있는 무형의 투명한 그릇 같았던 세계마저 허물
어지면서 나는 내 자신마저 갈가리 찢겨 해체되는 것을 경
험하기 때문이다. 나 역시 나의 타자라고밖에 부를 수 없는
내 바깥으로 내팽개쳐지는 것 같다. 박종국 시인은 지난 시
집의 맨 끝에 실려있는 「저녁나절이다」에서 보여 준 무한의
시간과 어둠을 만난 체험과 관련하여 이번 시집을 여는 '시
인의 말'에서 이렇게 말한다.

　　순간,
　　나는 내 바깥에 서있다

말해질 수 있는 것이 아무것도 없는

―「시인의 말」 전문

'시인의 말'에는 어떤 체험의 "순간"이 서술돼 있다. 위의
진술이 '시인의 말'이라는 사실을 감안한다면 "나"는 자기의
고유한 주민등록번호와 운전면허 번호를 가진 한 인물을 가
리키기보다는 오로지 시 작품을 통해서만 환원할 수 있는
어떤 주체, 즉 시적 주체로서 "나"를 가리킬 것이다. 어떤
시적 체험의 순간, 시적 주체는 자신의 바깥에 있다. 그곳
은 "말해질 수 있는 것이 아무것도 없는" 그런 곳이다. 시적
주체는 말을 다루는 자이다. 그러나 그가 다루는 말은 다양
한 정보로 가득 찬 산문의 언어가 아니다. 무한의 시간과
무한의 어둠을 만나는 체험으로서 시적 체험의 순간은 정
보 전달의 기능만을 수행하는 말(언어)로는 "말해질 수 있는
것이 아무것도 없는" 그런 순간이다. 더욱이 무한의 시간과
어둠에 휩싸여 있는 곳으로서 시적 체험의 영역, 이 세계를
지탱하고 또 이 세계가 간직하고 있는 이해 가능성의 지평
이 허물어지는 동시에 나를 지탱해 주고 내가 간직하고 있
는 이해 가능성의 빛이 사라지는 영역으로서 "바깥"은, 그
와 같은 이중의 맥락에서, "말해질 수 있는 것이 아무것도
없는" 그런 곳이다.

　지난 시집 『누가 흔들고 있을까』를 닫는 작품인 「저녁나
절이다」와 새 시집 『숨비소리』를 여는 '시인의 말'을 연결해
주는 무한의 시간과 어둠에 대한 체험은 두 시집을 이어주

는 연결점이지만 동시에 두 시집을 근본적으로 갈라놓는 구분점이기도 하다. 그것이 구분점이기도 한 이유는『누가 흔들고 있을까』에 실렸던 시편들 가운데 「저녁나절이다」 이외의 작품들에서 우리가 만날 수 있었던 것들이『숨비소리』에서는 거의 자취를 감추기 때문이다.『누가 흔들고 있을까』를 비롯하여『숨비소리』이전의 시집에서 박종국 시인의 시적 주체들은, 그들의 시적 담론에 맥락을 부여하는 테마가 무엇이든(그것이 색깔이든 농사 체험이든), 섭세의 과정에서 인간이 발견하고 체험하며 귀하게 여겨야 할 삶의 지혜들을 탐색해 왔다. 그러나『숨비소리』의 시적 주체들은 이제 그와 같은 종류의 지혜에 대하여 말하고자 하지 않는다. 이제 그들의 시적 담론들은 무한의 시간과 어둠의 체험을 중심으로 삼아 그 둘레를 각자의 궤도에 따라 도는 일종의 행성과 같은 것들이 된다. 요컨대 박종국 시인의 시적 주체들은 이제 무한의 시간과 어둠의('바깥'의, '타자'의) 체험에 들린 자들이 된다.

  '무―한'의 '무'는 절대적 부정성의 표지이다. 무한은 우리 의식과 세계의 이해 가능성의 지평 안으로 결코 포섭될 수 없는 어떤 것이다. 그렇기에 그것은 그러한 이해 가능성의 '바깥'의 영역이며 우리와 세계의 '타자'로서 절대적 부정성이다. 그러한 절대적 부정성의 범례로서 우리는 죽음을 들 수 있을 것이다(이번 시집에서 「빈집」 「눈꽃」 「빈 둥지」 등은 그런 죽음의 문제를 다루고 있다). 우리는 죽음에 대하여 알지도 못하고 죽음을 체험하지도 못한다. 우리는 그저 죽음에 대한 감응

(affection)이나 수동적 정념(passion)을 보여 줄 수 있을 뿐이다. 죽음으로 대표되는 절대적 부정성으로서 '무−한'에 대한 감응의 형식은 대개 염려와 두려움이다. 그러한 감정 상태는 세계와 의식의 의미 지평이 무너져 내렸기 때문에 발생한다. 이른바 '일반적인 세상 사람들'이라 불리는 자들의 삶이 안정적인 의미 지평의 세계에서 그렇고 그런 일상의 반복을 영위하는 것과 달리, 무한의 시간과 어둠의 체험에 들린 자들은 간단없는 동요와 불안정에 휩싸이게 된다. 그런 상태가 유발하는 감정 상태인 염려와 두려움은 무한의 체험에 들린 자를 일종의 불면증에 시달리게 한다. 『숨비소리』에서 "녹턴"이라는 제목을 달고 있는 일련의 시편들은 그런 종류의 불면증의 현상학을 보여 준다. 그렇게 불면증에 빠진 자들은 잠을 못 이루고 "고양이가 돌담을 뛰어오르는 소리"(「녹턴 2」)마저 감지할 정도로 예민해진다. 그들이 만나는 밤은 일상적 삶의 순환에서 만나는 휴식과 성스러움의 밤과는 다른 밤인 "주름진 밤"(「녹턴 2」)이다. 이해 가능성의 의미 지평에서 똑같이 쫓겨난 "나"(의식)와 세계는 "밤이 나를 신음하고/ 내가 밤을 신음하는 고통"(「녹턴 2」)에 시달리고 그런 고통의 반복이 밤을 주름지게 만들기 때문이다. 그래서 그들이 만나는 것은 어쩌면 밤 자체라기보다는 "밤의 깊이"(「녹턴 2」) 그 심연일지도 모른다. 그런데 『숨비소리』의 시적 주체들이 시달리는 불면증은 '밤에 잠을 자지 못하는 상태가 지속되는 증세'라는 사전적 의미의 현상과는 다른 종류의 것이다. 그것은 무한의 어둠과 시간의 체험에 의하여

촉발된 각성 상태 혹은 깨어있음의 다른 이름이다. 그와 같은 불면증에 시달리는 시적 주체는 주름진 밤의 깊이 속에서 "자질구레한 것들에 숨겨져 있는 은밀한 것들까지/ 섬광처럼 나타났다 사라지는 모든 밤의 신음을 생각하"(『녹턴 2』)게 되기 때문이다.

『숨비소리』의 시적 주체들은 차라리 대낮에 불면증에 시달리는 자들이다. 그들은 단순히 잠을 이루어야 할 밤에 잠을 이루지 못하는 자들이 아니라 어떤 촉발에 의하여 깨어있게 된 자들이기 때문이다. 그들은 그런 깨어있음 속에서, 언어 정보 이론이 설명하는 것과 같은 정보교환과 의사소통의 매개로서 언어가 구성하는 이해 가능성의 지평과는 다른 영역에 놓이게 된다. 그곳은 "말이 정지하는 곳"(『오래된 리듬 2』)이다. 이 시집의 시적 주체들은 그곳에서 "말할 수 없는 것들이 말하는/ 말"(『여명』), "이루어져야 할 운명처럼 다가오는 이해할 수 없는 말들"(『오래된 리듬 1』), "말이 아닌 말들"(『오래된 리듬 2』)을 듣고 "들리지 않는 말들이 보"(『산봉우리들은』)인다고 고백한다. 이는 그들이 어떤 환각 상태에 빠졌음을 뜻하는 것이 아니라 어떤 시차視差의 작용에 포섭되었음을 뜻하는 것이다. 알다시피 시차란 같은 물체를 서로 다른 두 지점에서 보았을 때의 방향의 차이를 가리킨다. 그런데 이 시집의 시적 주체들에게서 작동하고 있는 시차는 어떤 정육면체를 앞쪽과 뒤쪽에서 바라보는 것과 같은 종류의 시차가 아니다. 그것은 의미의 지평 이편과 저편이라는 두 지점에서 보았을 때의 방향의 차이를 가리킨다. 우리 자신과 사물에 대한 이해 가능성의 근거인 어떤 세계의 의미 지평 저편(혹은 바깥)은 우리가 알지도 못하고 실체화할 수도 없는 그런 곳이다. 그곳은 그저 아무것도 아닌 텅 빈 언어인 '무한'의 '무'로 규정돼 붙들린 '저 너머'이지만, 그런 가리킴에 의하여 세계의 이편으로 불려 온다. 그리고 그것은 세계의 이편으로 그렇게 불려 오자마자 이편의 의미 지평에 개입하여 결코 끝나지 않을 동요와 불안정을 가져온다. 『숨비소리』의 시적 주체들이 시달리는 불면증(혹은 깨어있음)은 자신이 속한 세계의 의미 지평의 그런 동요와 불안정에 대한 감응이며, 그러한 감응이 그들을 어떤 특별한 종류의 시차의 작용에 포섭되게 한다. 이제 그 시적 주체들은, 공허하게 넘실거리는 존재(의미의 지평 이편)와 무한(의미의 지평 저편)의 흔적으로서 무가, 이름 붙일 수 없는 어렴풋한 리듬('오래된 리듬'이라는 제목을 단 두 편의 시는 이러한 리듬에 대한 사유의 산물일 것이다)에 따라, 레비나스가 '있음(il y a)'이라고 불렀던 돌이킬 수 없는 것(어떤 긍정이지만 그 어떠한 의미 지평에도 포섭되어 있지 않다는 점에서 부정이고, 그렇게 부정이지만 긍정되고 있다는 점에서 부정도 아닌, 있으면서도 없고 없으면서도 있는, 존재와 무의 '사이')을 펼치고 다시 접으며 흔적으로 남기고 지우면서 밀고 나가고 있는 것들을, 메아리로 울리지 않는 목소리를, "말할 수 없는 것들이 말하는/ 말"(『여명』)을, "이루어져야 할 운명처럼 다가오는 이해할 수 없는 말들"(『오래된 리듬 1』)을, "말이 아닌 말들"(『오래된 리듬 2』)을 듣게 되는 것이다.

3.

『숨비소리』의 시적 주체들이 듣는 것, 즉 "말이 아닌 말들"을 들음은 기이한 들음이다. "들리지 않는 말들이 보이고"(「산봉우리들은」)라는 구절에서 확인되는 것도 그 들음의 기이함이다. 그러한 들음에서 비롯하는 사물의 묘사 혹은 서술은 『숨비소리』에서 매우 특이한 모습으로 나타난다. 우선「호수」를 보자.

> 찰랑거리는 물결로 산
> 그림자를 지우고 있는
> 호수는 햇빛을 탱탱
> 튕기고 있다
>
> 꼬리에 꼬리를 물고
> 반짝이는 갖가지 빛깔과 소리들
> 포효할 것만 같은 침묵이
> 오싹오싹 모여들고 있다
>
> 빠지면 죽을 것 같은
> 물빛으로 반짝이고 있는
> 너에게로 가는 발길
> 내밀어야 할지 디밀어야 할지
> 알 수 없는 너의 표정
>
> ―「호수」 전문

위의 시에서 구축된 시적 체험은 "호수", 즉 '땅이 우묵하게 파여 못이나 늪보다 깊고 넓게 물이 괴어 있는 곳'과 관련된 것이다. 맑은 날 호수는 그 주위의 사물들이 이루는 풍경을 담곤 하지만, 이 시에서는 호수의 "찰랑거리는 물결" 때문에 풍경의 형상이 흐트러지고 그로 인해 호수의 모습 자체가 그것을 구체적인 그림으로 담아내려는 시선의 접근을 차단하는 것 같다, 마치 "햇빛을 탱탱/ 튕기고 있"는 것처럼. 찰랑거리는, 즉 가볍게 자꾸 흔들리는 물결에 빛이 반사되어 호수의 전체 형상 자체가 부단한 반짝임으로 변하는 모습을 보면서 이 시의 시적 주체는 다양한 빛깔의 변주를 어떤 소리들과 겹쳐 놓는다(그 소리들은 애초에 빛깔들이었으니 이 시의 시적 주체가 그것들을 "침묵"과 연결시키면서도 또한 그것의 강도와 밀도의 크고 높은 정도를 "포효"에 연결시키는 것이 무리로 다가오지 않는다). 이어서 그는 표면 현상으로서 반짝거림 이면에 있는, "빠지면 죽을 것 같은" 측량할 수 없는 어떤 깊이의 심연을 보고, 종국에는 "꼬리에 꼬리를 물고/ 반짝이는" 호수의 형상 전체를 불가해한 어떤 "표정"으로 받아들인다. 기쁜 표정이든 슬픈 표정이든 표정은 그 자체로 고정되고 실체화된 것이 아니다. 애초부터 슬픈 표정과 기쁜 표정이 따로 있는 것이 아니라, 얼굴의 구성 요소들이 어느 순간에 이루는 짜임관계에 의하여 형성되는 것이 표정이다. 그런 점에서, 명사적으로 있는 존재자와는 다르게 존재를 동사적으로 이해해야 한다는 하이데거의 생각처럼, 우리는 얼굴 표정을 명사적으로 이해해야 할 것이 아니라 동사적으로 이해해야 한다. '존재'를 사물처럼 '존재하는 것'(즉 존재자)으로서가 아니라 어떤 기투에 의하여 비로소 생성된다는 의미에서 '존재-에로'로 이해해야 하는 것처럼, 우리는 표정을 애초부터 분류되어 존재하는 것이 아니라 어느 순간에 비로소 형성된다는 의미에서 '표정-에로'로 이해해야 한다. 그리고 이 시에서 호수의 표정은 스스로를 드러내면서 또한 스스로를 감춘다.

「호수」에서 "호수"는 어떤 추상적인 것의 객관적 상관물로도 시각을 매혹시키는 아름다운 풍경으로도 시적 주체가 겪은 어떤 특별한 사건의 배경으로도 전환되지 않는다. 그렇다고 이 시의 화자가 시적 대상인 호수에 대하여 아무것도 말하지 않는 것은 아니다. 호수의 형상과 관련하여 구체적인 묘사 혹은 서술이 이루어지고 있지만, 그것들은 호수의 어떤 형상을 드러내면서도 또한 감춘다. 「호수」의 시적 주체는 자신의 의식에 의한 모종의 투사로써 "호수"라는 시적 대상을 열려고 하지 않고, 그 시적 대상 앞에서 기다림으로써 그것이 열려지기를 원하는 것 같다. 그런 기다림은, 호수라는 시적 대상이 일반적인 형상화의 과정에서 추상적인 것의 객관적 상관물이나 매혹적인 풍경이나 인상적 사건의 배경으로 전환되는 가운데에도 거기에 감추어졌던 것이 드러나게 하려는 시도처럼 보인다. 그리고 그렇게 감추어져 있는 것이 시적 주체의 기다림에 의하여 열리지만 그와 동시에 그것은 밝혀지기 위해서가 아니라 오히려 감추어진 채로 남아있기 위해서 열리는 것 같다, 마치 드러남 자체가 감춤이고 감춤 자체가 드러남이기라도 한 것처럼.

『숨비소리』에서 사물들은 「호수」에서 "호수"가 그런 것처럼 명사적인 형상이 아니라 동사적 형성(과정)으로 나타난다. 「공터」역시 『숨비소리』에서 사물들의 존재가 드러나는 방식을 보여 주는 시이다.

무더운 여름날을 찢어발기듯
매미는 울고 조금만
움직여도 산산조각이 날 것
같은 공터는 초록빛 눈을
가진 뱀의 문적문적한 살갗
처럼 넘실거리고

수풀에 앉은 새처럼 마음이
놓이지 않는 어둠이
먼저 와있는 동편 산
중턱에는 고래 심줄보다 질긴
어둠의 그물을 쳐놓은
땅거미가 시간을 물어
뜯고 있고

달콤한 열매 맛을 잊지
못한 도둑 까마귀는 감나무
꼭대기에 앉아 주둥이를

나뭇가지에 문대고 있다

    위의 시의 시적 대상인 "공터"의 사전적 정의는 '집이나 밭 따위가 없는 빈자리'이다. 그러니까 "공터"는 어떤 용도에서 벗어나 있는 일정한 넓이의 공간이나 장소를 가리킨다. 공터를 공터이게 하는 것은 '공', 즉 비어있음인데, 그 비어있음은 어떤 쓸모에서 벗어나 있다는 것을 뜻한다. 공터는 일정한 공간이나 장소에 아무것도 없기 때문에 공터이기도 하지만, 그보다는 오히려 그곳이 아직은 아무것도 아닌 공간이나 장소이기 때문에 공터인 것이다. 따라서 어떤 용도가 부과되어 그곳이 어떤 그 무엇으로 바뀌기 전까지 공터는 아이들의 놀이터가 될 수도 있고 잠시 건축자재를 보관하는 지붕 없는 창고가 될 수도 있고 폐기물 하치장 같은 곳이 될 수도 있다. 우리는 흔히 공터를 다른 사물이나 장소의 경우와 마찬가지로 명사적으로 이해하지만, 정작 공터에서 부각되는 것은 그것의 잠재성과 연관된 동사적 성격이다. 「공터」의 시적 주체는 공터를 철저하게 동사적인 어떤 것으로 수용한다. 첫 번째 절에서 공터는 부드럽게 같으면서도 다르게 반복되는 움직임으로 드러나고, 두 번째 절에서는 일정한 장소나 공간으로서 공터가 마치 시간의 한 국면처럼 전환됨으로써 공간의 시간화가 이루어지고(실제 서술에서는 "동편 산/ 중턱"의 상황이 다루어져 있지만, 곧이어 그것이 공터에서도 진행될 것이므로 우리는 그것을 공터 자체에 대한 서술로 보아도

무방할 것이다), 세 번째 절에서는 어떤 시차에 의해서만 포착될 수 있는 감추어진 것의 증인처럼 "도둑 까마귀"가 "감나무/ 꼭대기에 앉아"있다. 그렇게 감추어져 있는 것을 볼 수 있는 주체로서 "까마귀"가 상정됨으로써 「공터」의 첫 번째 절과 두 번째 절에서 서술된 정황은 마치 그 "까마귀"의 시선에 감지된 것처럼 여겨지게 된다.

『숨비소리』에서 시적 주체들은 일상적 체험의 이해 지평에서는 하나의 습관처럼 명사적 형상(form)으로 파악되는 사물들에서 동사적 형성(formation)을 읽어낸다. '기이한 들음'으로서 그런 독해가 가능하기 위해서는 일상적 체험의 시선과는 그 성격이 전적으로 다른 어떤 시차가 필요하다. 그러한 시차는 무한의 시간과 어둠인 바깥에 감응함으로써만 비로소 가능해진다. 무한의 어둠에 휩싸여 있는 요소적 깊이들이 어떤 의미 혹은 이해 가능성의 지평에 포섭되어 의식의 대상으로 드러나고 밝혀지는 과정에서도 거기에 감추어져 남아있는 것을 보거나 들을 수 있게 해주는 것이 바로 그런 시차이다. 그것은 일상적 체험의 의미 지평에 갇혀 살아가는 사람들의 시선과는 전혀 다른 각도에서 가능한 것이므로 심지어 비인격적인 것 혹은 중성적인 것이라 불릴 수도 있을 것이다. 「공터」에서 그런 시차의 주체가 "까마귀"로 상정된 것도 그와 같은 사정과 무관하지 않을 것이다(이러한 사정과 관련하여 이 시에서 이상의 '오감도'의 이미지를 발견하는 것은 일종의 과잉 해석에 해당하는 것일까?).

4.

　의식의 대상이 될 수 있는 의미 지평에 포섭되면서도 그
것에 감추어져 남아있는 것을 감지할 수 있는 시차의 주체
로서 상정된 「공터」의 "까마귀"가 아래에서 보는 것처럼 「빈
집」에서는 "잠자리"로 바뀐다.

　　　빈집은 빈집을 기다리고
　　　적막은 정수리부터 허물을 벗고 있다

　　　바지랑대 끝에 앉아 꽁지만 까닥거리고 있는 잠자리
　　　눈을 지그시 감고 있는 빈집의 하루를 겹눈으로 살피는

　　　끊어질 듯 당겨진 시위가 탱탱하다
　　　금방이라도 정수리를 향해 화살을 날려 보낼 것 같다
　　　　　　　　　　　　　　　　　　　　—「빈집」 전문

　위의 시를 읽는 사람이라면 누구든지 다른 그 무엇보다
세 번째 절에서 구축된 긴장의 밀도에 주목하게 될 것이다.
잠자리에게서 가장 크게 부각되는 것은 머리의 거의 전부를
차지하는 불룩하게 둥근 그 겹눈인데, 그것에 무엇이 포착
되었는지 잠자리의 온몸이 "끊어질 듯 당겨진 시위"처럼 팽
팽한 긴장감에 휩싸인다. 잠자리의 긴장감은 그것이 바라
보고 있는 것으로 인하여 촉발되었으니 그 대상조차 긴장

118

감에 휩싸여 있다는 것이고, 결국 바라보는 것과 보이는 것 모두와 그것들을 감싸고 있는 공간 전체가 팽팽한 긴장감에 휩싸여 있는 셈이다. 그런데 잠자리가 보고 있는 것은 "빈 집은 빈집을 기다리고/ 적막은 정수리부터 허물을 벗고 있" 는 모습이 전부다. 고요하고 쓸쓸한 분위기를 가리키는 "적 막"이 허물을 벗고 그저 빈집이 빈집을 기다리는 모습 이면 에 무엇이 감추어져 있기에 잠자리는 그토록 긴장하는 것일 까? 잠자리의 그 큰 눈에 포착된 것은 무엇일까?

　'집에 사는 사람들이 모두 밖에 나가서, 비어 있는 집'이 나 '사람이 살지 않는 집'을 가리키는 것이 '빈집'인데, 그것 을 둘러싸고 있는 적막한 분위기를 감안할 때 이 시에서 "빈 집"은 후자의 의미로 쓰였다고 보는 것이 타당할 것 같다. 그런데 "빈집은 빈집을 기다"린다는 것은 명백한 동어반복 이 아닌가? 어쩌면 이 시에서 가장 핵심적일 수 있는 곳에 어째서 맥없는 동어반복의 진술이 배치돼 있는 것일까? 이 러한 의문의 제기는 자연스러운 것이지만, 저 동어반복은 다분히 의도적이고 거기에는 결코 가볍지 않은 의미가 내 재돼 있다. "빈집은 빈집을 기다리고"라는 구절에서 우리가 포착해야 하는 것은 "빈집"의 자기 분리 혹은 자기 분열이 다. 그 두 빈집은 하나이면서 동시에 둘인 그런 관계를 맺 고 있다. 우리는 그 두 빈집을 각각 '빈집'과 '빈집'으로 읽어 야 한다. 전자는 '빈집'의 애초의 의미 그대로 '사람이 살지 않는 집'이고 후자는 사람이 살지 않을 뿐만 아니라 종국에 는 그 집을 구성하고 있는 것들이 그것들의 요소적 깊이로 돌아감으로써 집조차도 아닌, 아무것도 아닌 그저 비어있음이 된 그 무엇이다. 애초에 그것이 없던 곳에 한 채의 집이 지어지고 거기에 사람들이 바뀌어가며 살다가 모두 떠나 그 집이 사람이 살지 않는 '빈집'이 되고 종국에는 그 '빈집'조차 아무것도 아닌 것인 '빈집'이 되는 과정을 그 과정의 후반부의 어느 한 국면에서 포괄하고 있다는 것이 "빈집은 빈집을 기다리고"라는 구절에 함축돼 있는 의미 내용이다.

그렇다면 적막이 허물을 벗는다는 것, 그것도 정수리부터 벗는다는 것의 의미는 무엇인가? 그것은 바로 시간의 시간화이다. 허물벗기는 파충류나 곤충류 따위가 성장함에 따라 허물이나 표피表皮를 벗음을 가리킨다. 알에서 나와 아직 다 자라지 않은 곤충이 성충이 되기 위해 거쳐야만 하는 필수적 과정이 허물벗기이니 그것에는 필연적으로 시간이 개입되게 마련이다. 그런데 시간이 흐른다고 할 때 그 말의 의미가 시간의 흐름을 가리키는 것인지 강물의 흐름처럼 시간의 흐름 속에 놓여 있는 사물의 흐름을 가리키는 것인지 분명하지 않다. 그렇지만 시간의 흐름이라는 운동 없이는 그 어떤 것의 흐름도 불가능하다는 것은 분명하다. 나무에 움이 터서 잎이 되고 그것이 다시 낙엽이 되는 나뭇잎의 흐름도 따지고 보면 시간의 흐름이 드러나는 양태일 것이다. 그럼에도 시간의 흐름이라는 운동의 양태로서 다양한 사물이나 현상들의 흐름을 확인할 수 있지만 시간 자체의 흐름을 우리가 확인하기는 어렵다. 아마도 "적막은 정수리부터 허물을 벗고 있다"라는 표현은 그러한 사정과 관련이 있는 것 같다. 적막의 의미는 고요하고 쓸쓸함인데, 이 시에서 그것은 빈집과 그 주변을 둘러싸고 있는 분위기를 가리키고 있다. 그것은 또한 그렇게 빈집과 그 주변에서 풍겨 나오는 그 분위기에 대한 시적 주체의 감응이기도 하다. 그런 적막이 이제 앞으로 마땅히 돼야 하는 그 무엇으로 변하기 위하여 "정수리부터 허물을 벗고 있다".

허물벗기란 원래 그 무엇이 변하여 바뀌거나 상태가 달라지게 하는 탈바꿈이니 "정수리부터 허물을 벗고 있다"라는 표현은 결코 어색하지 않다. 문제는 그 표현이 뜻하는 바다. '적막이 정수리부터 허물을 벗고 있다'라는 표현은, 이제까지 이루어진 검토를 고려한다면, 시간의 흐름 속에서 적막이 애초의 적막이라고 부를 수 없을 정도의 깊이와 밀도의 그것으로 탈바꿈되고 있음을 보여 주기 위한 선택일 것이다. 그런데 적막은 유형의 실체적 사물이 아니다. 적막은 손으로 움켜쥐거나 눈으로 볼 수 있는 것이 아니다. 그것은 그 무엇이 우리에게 불러일으키는 느낌이다. 그런 적막이 시간의 흐름 속에서 나름의 탈바꿈을 하고 있다. 나뭇잎이 탈바꿈하는 과정의 흐름이 시간 자체의 흐름의 양태이듯이 적막이 탈바꿈하는 과정의 흐름 역시 시간의 그런 양태일 것이다. 그러나 유형의 실체적 사물이 아닌 적막의 흐름은 우리가 눈으로 볼 수도 없고 손으로 만질 수도 없는 시간 자체의 흐름에, 다른 그 무엇보다 더, 가깝다면 가까울 것이다. 그런 의미의 맥락에서 '적막이 정수리부터 허물을 벗고 있다'라는 표현은 시간의 시간화의 객관적 상

121

관물에 해당하는 표현일 수 있다. 시간을 물건처럼 셀 수 있는 존재자로 여기는, 즉 시간을 명사적 대상으로 여기는 일반적인 시각과는 다르게, 시간을 흐름 그 자체로서 여기는, 즉 시간을 모든 변화의 바탕에 놓여 있는 무한의 동사적 이미지로서 받아들이려는 시차에 따른 시간 이해와 관련된 것이 시간의 시간화이다. '적막이 정수리부터 허물을 벗고 있다'라는 표현을 통하여 환기되는 것은 바로 그런 시간의 시간화이다.

요컨대 「빈집」은 가시적인 '빈집'에서 비가시적인 '빈집'으로 흘러가는 흐름을 통하여 시간의 흐름 그 무한을 보여 주는 시이다. 「빈집」에서 잠자리를 긴장하게 하고 더 나아가 "빈집"과 "잠자리"가 속해 있는 공간 전체를 팽팽한 긴장감으로 몰아넣는 것은 바로 그런 무한의 힘이다. 이 세상 모든 것들은 무한에서 흘러나와서 무한으로 흘러 들어간다. 무한은 텅 비어있음이자 꽉 차있음이다. 그것은 그 어떤 것도 가능하게 하는 가능성의 열림이자 그 무엇도 가능할 수 없게 하는 불가능성의 닫힘이다. 그것은 이 세상에 밝혀져 드러난 모든 것의 토대로서 잠재성이지만 동시에 아감벤이 말하는 '비-잠재성(im-potenza)'이기도 하다. 잠재성과 비-잠재성은 무한의 동시적 계기이다. '아직-아님'은 '영원히-아님'과의 내밀한 교호작용을 통해서만 비로소 어떤 현실성으로 생성된다. 만약 모든 현실화된 것의 뿌리에 잠재성만 놓여 있다면 이 세계는 그렇게 될 가능성만이 지배하는 필연적 운명의 힘에 휩쓸리게 될 것이다. 우리 삶에서 무수한 우연이 개입하는 것은 잠재성이 단순히 가능성만으로 축소되지 않게 하는 비-잠재성 때문이다. 그렇게 잠재성과 비-잠재성의 날개로 날고 있는 무한의 비행과 함께 우리는 그 무엇이 될 수 있음의 가능성과 그 무엇도 될 수 없음의 불가능성 사이에서 존재한다.

이 세상 모든 것처럼 빈집은 완전히 없어지게 될 것이다. 그 절멸의 사건은 절대로 피할 수 없는 성질의 것이다. 우리 역시 우리의 죽음이라는 사건을 피할 수 없다. 문제는 그 사건을 맞이하는 방식으로서의 삶이다. 하이데거는 인간 '현존재'(Dasein)의 존재를 '죽음을 향한 존재'로 규정한다. 하이데거에게 죽음은 불가능성의 가능성이다. 인간은 죽음을 피할 수 없지만 그 피할 수 없음 자체, 죽음의 불가능성 자체를 예기豫期함으로써 오히려 자신의 삶을 어떤 의미의 존재로 생성되게 할 수 있다는 것이다. 그런데 죽음과 관련된 그러한 태도는 죽음을 향한 우리의 절대적 수동성을 우리의 삶을 향한 절대적 능동성으로 바꾸어놓는다. 그런 전환 속에는 어떤 의의로 가득 찬 나만의 고유한 삶의 가능성과 함께, 주위의 상황이나 남 생각을 하지 않고 자기 멋대로 밀고 나아가는 폭주의 가능성이 동시에 열린다. 「빈집」에서 "빈집은 빈집을 기다리고" 있다. 빈집은 그것의 절멸을 기다리고 있는 것이다. 일반적인 기다림은 아직은 아닌 어떤 것이 시간의 흐름 속에서 이루어지기를 바라면서 시간을 보내는 것이다. 그러나 스스로의 절멸을 기다리는 기다림은 그와 같이 주체의 욕망의 투사를 실현시키려는 의지로서 기다림과는 전혀 다른 종류의 기다림인 것 같다. 그런 기다림과 관련하여 『숨비소리』의 맨 끝에 실려있는 「나의 시」의 화자는 "나의 기다림은 기다림의 기다림이다"라고 말한다. 그 기다림은 기다려지는 것이 아무것도 없는 기다림, 오로지 기다림 자체가 기다림의 대상인 그런 절대적 수동성으로서 기다림이다. 기다림은 시간을 보내는 것, 그 시간을 참고 견디는 것이다. 아마도 기다림의 기다림은 죽음을 불가능성의 가능성으로 파악한 하이데거와는 달리 죽음을 가능성의 불가능성으로 파악하려는 삶의 태도일 것이다. 그런 삶의 형태는 구체적으로 어떤 것일 수 있을까? 「나의 시」에서 "나의 기다림은 기다림의 기다림이다"라는 화자의 발언은 아직은 선언에 그치고 있는 것 같다. 「나의 시」가 하나의 작품이 아니라 '시인의 말'처럼 여겨지는 이유도 거기에 있을 것이다. 그러나 지난 시집과 이번 시집 사이에서 이루어진 도약을 생각할 때 우리는 이번 시집과 다음 시집 사이에서 이루어질 도약을 기대하지 않을 수 없게 된다. 마음이 원하는 바를 따라도 도에 어긋나는 바가 없다는 '종심從心'에 이른 이 시인이 기다림의 기다림으로서 기다림이 지탱하는 삶의 태도와 만나 이루어낼 한국 현대시의 어떤 성취가 정말로 궁금하다.